La torpeza

de Hada

R. Fénix

1. <u>El primer día</u>

Me llamo Hada y soy la persona más torpe del mundo.

Nos acabamos de mudar a Nashville (Tennessee) desde Sacramento (California), papá piensa que para mí es un cambio tan fácil como para él, pero no entiende que para mí todo es complicado desde que aquel día desperté en aquellas condiciones...

El motivo de nuestra mudanza es ese, un día llegué a casa muerta de miedo, con los sentimientos en la mirada, con un caos inmenso en mi cabeza, nadie quiere recordarme que pasó aquel día, yo solo recuerdo llegar a casa en esas condiciones, papá me abrió la puerta, con el terror en los ojos me hizo entrar en casa y tomarme un vaso de agua bien frío, tenía sangre en las manos, ni siquiera sabía de quien era, no paraba de llorar, y actualmente no recuerdo que sucedió, en ese momento parece ser lo conté todo, pero en el momento en que me fui a dormir...

Todo cambió, en ese momento cambió y desapareció de mi cabeza, sigo esperando que algún día papá me cuente lo que sucedió, o finalmente conseguir recordar, será difícil pero espero conseguirlo.

Es mi primer día de clase en el nuevo instituto, sinceramente, estoy aterrada, no soy capaz de recordar lo que me trajo aquí para poder superarlo, ¿cómo pretenden que avance? estoy extremadamente perdida, siento que en el momento que entre por la puerta me va a pasar como en las películas, lo típico, la nueva entra por la puerta y nada más entrar ya se tropieza con sus propios pies, creo que eso será lo que va a pasar.

Además, estoy en primero de Bachillerato, a estas alturas si te sucede algo será recordado de por vida, que vergüenza dios mío, las 07:45, ya va siendo hora de salir de casa, espero no cagarla.

- ¡Papá, voy a llegar tarde, vamos! - gritó Hada como si no hubiera mañana, su miedo le jugaba una mala pasada desde el primer momento.

Estos quince minutos en coche, han sido muy extraños, ha sido como si papá tuviera miedo a que me viniera algo a la cabeza, como si tuviera miedo de que recordara y sucediera algo, ha sido muy extraño, durante el viaje de mudanza no había sucedido esto, tal vez sería porque todos los sitios eran de paso, y este no, todavía no lo entiendo, aunque durante el trayecto sus palabras de motivación a superar el primer día de clase sonaban a una voz rota sin ganas de salir adelante, al menos tengo en cuenta sus palabras, aunque no me vayan a servir de mucho, al menos lo intenta, no puedo quejarme por ello.

En ocasiones como esta me preocupo por lo que sucedió, por lo que debí contarle para que estemos actualmente en Nashville y sin yo recordar nada, pero me preocupo más por su mente que por mis recuerdos, él a pesar de saberlo todo, está manteniéndose firme y sacándome adelante, a pesar de estar roto por dentro, no me lo ha contado pero solo con mirarle a los ojos tengo suficiente como para saberlo, los padres siempre presumen de conocernos de toda la vida, de saber nuestros gestos, el significado de nuestros suspiros y nuestras miradas, lo que no entienden es que nosotros también hemos convivido toda nuestra vida con ellos, por lo tanto, les conocemos igual de bien que ellos a nosotros.

Se me rompe el alma al escuchar su voz rota entre las canciones de la radio diciéndome que todo irá bien sin realmente ser consciente de si así será, se me rompe el alma cada vez que me abraza con todas sus fuerzas como si tuviera miedo de no volverme a ver, como si cada vez que me dice hasta pronto realmente no estuviera seguro de si sería un hasta pronto, más centrado en si sería un adiós, no entiendo porque todos estos sentimientos y pensamientos invaden su cuerpo y su mente, pero me he prometido a mí misma que en cuanto lo descubra haré algo al respecto.

Ya llevo dos horas en clase, he sido capaz de presentarme sin tropezarme con mis propios pies, y sin comerme una mesa, es un gran avance, me siento mejor de lo que creía en este lugar, todavía no conozco demasiado bien a nadie, pero al menos todos son amables, todo son avances, por el momento, espero que no cambie sinceramente, los profesores también están siendo comprensibles, ya que por mucho que sea mi primer día de clase, todos los demás ya llevan varios meses.

Al fin, hora de comer, espero que la comida de la cafetería no parezca lodo de ogro, porque me muero de hambre, todavía me siento sola a comer, aunque a muchas personas les parezca algo raro el que una persona coma sola, vaya a lugares sola o simplemente le guste su soledad, no entiendo porque tiene que ser algo raro o un problema, tal vez deberían empezar a ser conscientes de que a algunas personas nos gusta la soledad, a algunas personas nos gusta estar solos, nos sentimos bien estando a solas con nuestros pensamientos y nuestros sentimientos, todos deberían probarlo aunque fuera una hora al día para que descubrieran que no es nada malo, el principal problema es que no está socialmente bien vista la soledad, y muchos de ellos tienen miedo a estar solos por lo que los demás puedan pensar, o simplemente por miedo a la soledad, en fin, cada uno es libre de hacer lo que crea conveniente, a mí no me molesta la soledad ni lo que los demás digan o piensen de mí, así que no me preocupa comer sola.

Finalmente ya es hora de volver a casa, estoy un poco asustada, tengo miedo de la reacción de mi padre al verme volver, por el simple hecho de la reacción que ha tenido cuando me ha dejado en el instituto, siento que nada más me vea entrar por la puerta va a sentir como si me hubiera perdido y me hubiera recuperado, si esto va a ser así cada vez que tenga que ir a clase o salir, no va a ser nada sano para él.

Estaba en lo cierto, su reacción ha sido como si llevara años sin verme o como si le hubieran dicho que me ha pasado algo y al aparecer yo por la puerta acabar finalmente su pesadilla, no entiendo nada, espero no tardar en recordar para poder ayudarlo, porque siento que si eso continua de esta manera, va a destruirlo, y no me veo con fuerzas para poder también con eso.

2. ¿Continuamos?

Un nuevo día en Nashville, la verdad es que ya me he acostumbrado a este lugar, me suele costar acoplarme, me suelo adaptar rápido a pesar de ser muy poco sociable, es algo bastante contradictorio que en mi se compenetra a la perfección.

Voy a bajar a desayunar con este miedo que se está convirtiendo en costumbre, este miedo a cómo reaccionará papá.

- Hada cariño, te he preparado gofres con chocolate, no tengas prisa hoy no vas a poder ir a clase. - Le dice Alberto a Hada como si no hubiera pasado absolutamente nada.

- ¿Cómo? Papá es mi segundo día, ¿Como voy a

faltar ya a clase? Tengo que cogerme y empezar con todos los proyectos y ponerme a estudiar. - Le dice Hada como si le fuera la vida en ello.

- No te preocupes cariño, tus profesores ya están al tanto. –

Estoy extremadamente desorientada, me siento muy perdida, ¿por qué todos están al tanto de lo que va a suceder o de lo que ha sucedido menos yo? No entiendo porque se me han de ocultar las cosas, ¿de qué tienen miedo? Si esto sigue así voy a empezar a pensar que a quién temen es a mí.

Son las 09:35, acabamos de llegar a la consulta de la Dra. Fiore, según papá es una de las mejores psicólogas de la ciudad, pero todavía no entiendo que está sucediendo, ¿qué hago aquí? ¿por qué tengo que faltar a clase para venir a la consulta de una psicóloga?

- Bienvenida Hada, pasa por aquí. - Expresa la Dra. Fiore con una sonrisa como si el mundo siempre fuera a ir bien.

Esto es muy grande y raro, nunca antes había estado en la sala de un psicólogo, en teoría debo sentarme y contarle lo qué me preocupa, pero a parte de mi padre, creo que no hay nada que me preocupe.

- Hada, yo soy la Dra. Fiore y estoy aquí para ayudarte en todo lo que necesites, no es necesario que esté en mi consulta, si por algún casual me necesitas en algún momento en que no esté en mi horario, si realmente crees que es una emergencia, puedes llamarme sin problema alguno y yo te atenderé, ¿de acuerdo? - Dice la Dra. Fiore como si necesitara que eso quedara total y completamente claro.

- Creo que está esperando una respuesta por mi parte. - Se dice Hada en sus pensamientos.

- Si Dra., lo tengo claro, pero sinceramente no creo que me suceda nada, pero podemos continuar si así lo desea. - Dice Hada como si no le molestara la situación.

- Cuéntame, ¿cómo llevas el cambio a Nashville?

- Sinceramente, bien, no me preocupa ni me

molesta nada de lo que sucede ni a mi alrededor ni en mi exterior, estoy en calma y siento que no necesito nada. - Dice Hada como si no hubiera sucedido nada en realidad.

Creo que esta mujer sabe algo correspondiente a aquella noche, creo que sabe algo de lo que sucedió, tengo miedo de hablar por si realmente no es así y creo un conflicto del cual no creo que vaya a poder salir ilesa, aunque tal vez si sabe algo puede ayudarme a recordar, no tengo claro si quiero hablar o no, estoy muy asustada, finalmente creeré que es mi estado de ánimo predeterminado, últimamente aparte de miedo y confusión no siento nada más, no recuerdo lo que es sonreír con motivos, no recuerdo lo que es decir buenos días, con ganas de salir adelante de verdad, es todo tan extraño, si me hubieran dicho hace un año que todo esto cambiaría de este modo jamás me lo habría creído, jamás habría comprendido lo que era tener estos sentimientos, jamás habría podido concebir la idea de que esto podría llegar a pasarme a mí, y mírame hoy, me he convertido en todo aquello que jamás imaginé que me sucedería.

- Hada, no debes tener miedo a expresar tus sentimientos, todo lo que hablemos aquí no saldrá de estas cuatro paredes, aquí puedes sentirte segura y libre de hablar, ¿quieres que hablemos de tu madre? - Dice la Dra. como si nada.

Me siento como si acabaran de abrir la caja de pandora, como si acabarán de invocar a lucifer y a Lilith, como si todos los males del mundo hubieran resurgido de golpe, la ansiedad ha empezado a apoderarse de mí, el miedo y la rabia están en mi mirada, están formando parte de mí y cada vez se están intensificando más, no sé qué responder, no sé qué hacer, estoy empezando a sentir un agobio que nunca jamás había sentido y esa pregunta me ha hecho empezar a recordar cosas que no estoy segura de si quería recordar, está claro que tengo la necesidad de recuperar ciertos recuerdos, pero no tengo claro si este era uno de ellos.

- Mi madre era una mujer enferma mentalmente, no se tomaba sus medicaciones como tocaba y hacía locuras que nos ponían a todos en peligro por su simple capricho de no tomar las medicaciones que se le recetaban, medicaciones que si se hubiera tomado le habrían ayudado a pasar tiempo con nosotros y no tiempo en el que teníamos que sacarla de los líos en que se metía por no hacer caso a lo que le decían los médicos, podríamos haber sido una familia feliz de no ser por ella, de no ser por sus ganas de complicarnos a todos la vida, podríamos haber sido una familia.-

Ha sido inevitable no derramar una sola lágrima mientras expresaba todo lo sucedido, estos eran los recuerdos que no quería recuperar, estos eran los recuerdos que prefería mantener bajo llave.

- ¿Ves? Esto es un avance tanto para ti como para mí, estás consiguiendo expresar tus sentimientos y espero que sentirte mejor. - Dice la Dra. como si por expresarse un poco todo fuera a cambiar.

No quiero recordar más, solo tengo ganas de llorar y de salir corriendo, estoy a punto de tener un impulso, el cual no será agradable para nadie y probablemente a mi vuelta tenga repercusiones, pero siento que debo hacerlo, siento que debo salir corriendo, necesito desconectar mi mente, volver a centrarme en olvidar, no quiero recordar más.

- Hada mira a todo su alrededor, entre lágrimas y sollozos, esto es superior a ella, finalmente decide seguir a su impulso y salir corriendo. -

Estoy en la estación de tren abandonada, casi nadie conoce la ubicación de este lugar, pero yo soy muy curiosa y conozco mis impulsos, así que antes de venir aquí investigué donde podría huir a encontrarme con mis pensamientos, es bastante bonito.

Cuando descubrí este lugar al principio me producía bastantes escalofríos, pero al ser consciente de lo maravilloso y hermoso que era simplemente opté por disfrutarlo, y mantenerlo en secreto, obviamente.

3. El secreto de Papá

Otro día más en este lugar, creo que esta va a convertirse finalmente en mi frase estrella.

Otro día más en el Nashville High School, pensaba que no me costaría nada adaptarme, pero conforme van pasando los días cada día lo odio más, cada día estoy más cansada, no soporto la decisión que tomó mi padre, ¿Por qué tengo que convivir yo con sus decisiones? Son sus decisiones, que viva él con ellas y a mí me deje en paz.

Hoy el Sr. Frederick, el profesor de historia contemporánea, me ha dicho que tengo que llevarle un ficha médica, tanto física como psicológica, no entiendo porque es necesario, pero lo que me molesta es que tiene que ser entregada inmediatamente pues papá no se encargó de ello, pero es que no quiero hablar con él, estoy enfadada, furiosa, no quiero dirigirle la palabra en una temporada, pero como no lo envíe un mensaje, no sé cómo me voy a comunicar con él.

¡DIOS! Que gran idea, le enviaré un mensaje.

No entiendo que tiene de malo solicitar una ficha médica, es lógico, voy a pasar mucho tiempo en el instituto, si me pasa cualquier cosa necesitan saber que me puede venir bien y que me puede hacer enloquecer, por decirlo de algún modo.

Son las 17:35, Papá todavía no ha vuelto a casa, no entiendo que está pasando,

hace al menos una hora que ya debería hacer llegado a casa, no tengo claro si

debería preocuparme o simplemente esperar, desde que sucedió eso que no

termino de recordar siempre ha sido la persona más puntual del universo, él dice

que es por mi propio bien, pero yo creo que lo hace por él más que nada, para

no volverse histérico.

Tal vez debería dormir un poco para despejar mi mente...

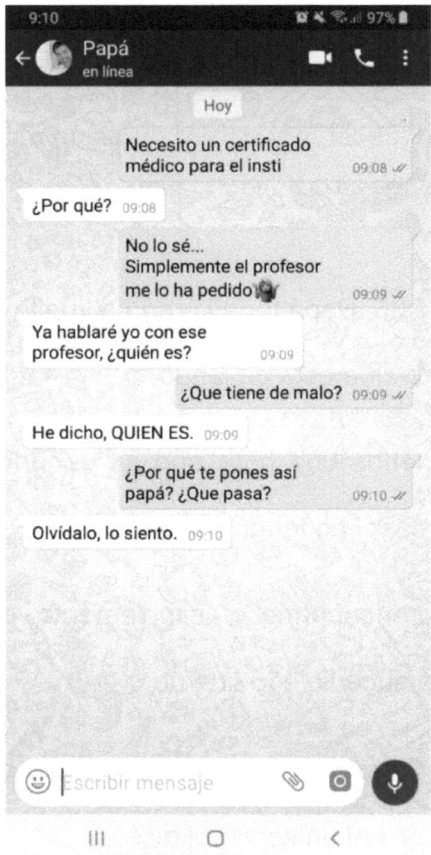

4. ¿Amelia?

Mi padre entra por la puerta y rompe a llorar, solo hace que repetir AMELIA, AMELIA, ¿POR QUÉ AMELIA?, ¿POR QUÉ?

Lo sé básicamente por el simple hecho de que, entre tanto grito y sollozo, me ha despertado, y todavía no entiendo porque no para de repetir el nombre de mi madre…

Es como si acabara de ver un fantasma…

-   ¿Papá?

-   Perdona Hada cariño, pensaba que estaba solo en casa, no te preocupes, son bajones momentáneos que me dan. – Dice cómo si no hubiera pasado nada…

- No te creo, dime que pasa…

- No puedo Hada, entiéndelo…

- ¿Crees que las cosas solo son difíciles para ti o qué? ¿Piensas que para mí es todo un cuento de hadas o qué? No lo soporto más. – Grité con fuerza mientras me iba corriendo hacía la estación de tren abandonada…

Enserio, esto es maravilloso, aquí siento que todo lo malo desaparece, no entiendo como a la gente este lugar le da miedo o le parece siniestro, a mí me parece maravilloso…

Se escucha un ruido como si acabarán de caer mil platos a la vez

- ¿QUIÉN COJONES HA VENIDO A MOLESTARME?

Empieza a hacer un frío extraño, no es como si hiciera frío ya de por sí, parece artificial

Por el amor del universo, tengo un miedo tremendo, no entiendo nada, estoy teniendo una especie de déjà vu, es como la noche que volví a casa empapada en sangre, no entiendo nada, esto no tendría que estar pasando, si no recuerdo que sucedió ¿por qué tengo este déjà vu?

Joder, siento como si me acabara de quedar atrapada aquí, corro y corro para encontrar la salida y no encuentro la puerta, estaba aquí hace un momento, es que ni siquiera era una puerta, era el portón de entrada a la estación, no puede haber desaparecido, así como así, y tampoco soy tan idiota para no ver una entrada gigantesca.

- ¿QUÉ COJONES ESTÁ PASANDO?
  — Grité como si me fuera a morir en el intento.

Hada...

Hada...

Hada...

Tienes que saber la verdad...

Se escuchaba entre el frío y mi temor

- ¿Qué verdad? ¿Quién eres?

No obtuve respuesta alguna, ahora mismo no tengo tiempo para preocuparme de si mi padre está preocupado por mí, ahora mismo solo tengo la cabeza centrada en encontrar la salida, siento como si me fuera a quedar aquí atrapada, toda la vida...

Es como si alguien te estuviera asfixiando, como si no pudiera respirar...Nadie lo está haciendo, pero tampoco hay nadie que pueda ayudarte...

Estoy pensando seriamente en subir a lo alto de la estación, tal vez desde encima de algún tren o una escalera de emergencia pueda ver algo...

Estoy encima de un tren, no veo nada, solo que aquí arriba no hace frío, es algo extraño, completamente inexplicable.

Hada...

Hada...

Hada...

Sígueme...

Joder, ¿de dónde sale esa voz?, es extraño, pero me resulta familiar, como si hubiera escuchado esa voz decirme algo similar en alguna otra ocasión...

ES LA VOZ DE MI MADRE, AMELIA.

-        ¿Mamá? ¿Eres tú?

Nadie me responde, estoy empezando a sentirme un poco absurda, a pesar de también sentir el miedo tan dentro de mí.

Acabo de ver una especie de sombra esconderse entre la oscuridad y dos trenes más atrás, no tengo claro si ir detrás de esa sombra sería una buena opción para encontrar la salida o si sería la mayor estupidez por mi parte...

Voy a seguirla, si me quedo aquí estaré igual de perdida que hace unos minutos, tal vez sea una buena opción...

Por más que corro y corro no termino de encontrar la salida, no termino de encontrar el lugar donde se ha perdido esa sombra, no quiero pensar que son imaginaciones mías, quiero pensar que es algo que está sucediendo en este momento, no quiero pensar que realmente necesito un loquero…

Por más que corro y corro, no encuentro absolutamente nada, espera, acabo de encontrar algo, en el suelo, esto es la chaqueta que yo llevaba el día que no recuerdo con claridad, voy a necesitar que alguien me explique que hace aquí, pero… ¿Quién?

Solo hice que buscar y buscar, perdí la noción del tiempo buscando esa sombra que desapareció como si de una ilusión se tratase como si mi propia mente intentara jugarme una mala pasada, como si todo fuera un sueño, no recuerdo ni siquiera cuento tiempo pasé buscando hasta que de repente de un momento a otro, me di cuenta de que había llegado a la salida, al menos ya no estaba encerrada sin saber cómo escapar, algo es algo…

Ya no sé ni siquiera que hora es, tengo miedo de entrar en casa por si me cae una bronca…

Tampoco puedo explicarle a papá lo que me ha sucedido en la estación de tren abandona, seguro que si lo hago me manda con la Dr. Fiore y pensará que estoy enloqueciendo, no tengo claro que voy a hacer, a lo mejor ni me pregunta donde he estado…

- Hola papá. -

- ¿Hola? ¿Es todo lo que piensas decirme?

- Dijo Alberto muy alterado.

- Es que perdí la noción del tiempo, estaba estudiando, perdona.

- Bueno, esta vez te lo paso, pero que no vuelva a suceder. –

Bueno, de momento me he librado de una buena, dentro de todo lo que cabe, me voy a ir a dormir a ver si así consigo desconectar de todo un poco.

5. Pesadillas

Las piernas me fallan, no puedo respirar, no puedo gritar, siento una impotencia generalizada en todo el cuerpo, es como si estuviera inerte, pero sin estarlo, tengo delante a Amelia, mi madre y por más que intento coger sus manos o decirle algo es inútil por más que lo intento, no consigo nada, quiero gritar muy fuerte pero no lo consigo, me estoy empezando a asustar.

07:45

Que mal lo he pasado, era una pesadilla, pero el problema no es ese, el problema está en que papá me ha escuchado gritar, por mucho que sintiera que no lo hacía y que no lo conseguía parece ser que, si gritaba, no entiendo que está sucediendo, tiene que estar relacionado con lo que sucedió ayer en la estación, estoy empezando a tener un poco de miedo, cosas que no recuerdo, sombras que no existen, voces en mi cabeza…

Empiezo a sentirme como una loca, no sé qué hacer, tengo miedo de hablarlo con la Dr. Fiore por si me receta una medicación, no quiero ser como Amelia, es lo que más me aterra en este mundo.

Estoy pensando en volver a la estación de tren esta noche, tal vez recuerde algo, encuentre algo o vea algo…

Necesito averiguar lo que está sucediendo, pero por el momento, me voy a clase, con mi informe médico, el cual está cerrado y certificado por lo que legalmente yo no puedo verlo…o no debo…

Tal vez si lo abro encuentro todas las respuestas, si no, ¿por qué papá está tan raro?

¿Por qué pone que alguien ha muerto? Yo estoy viva, papá está vivo, y mamá…Nadie me ha contado realmente que sucedió con ella…

No puede ser, ¿por qué pone que Amelia está muerta? Las pesadillas, las sombras…

Es como si mi subconsciente supiera que ha sucedido algo, pero no tuviera el valor para mostrármelo de por si, como si tuviera miedo a que mi mente y mi condición actual no fueran capaces de soportar la realidad, ya lo tengo más que claro, esta noche voy a ir a la estación de tren abandonada, necesito respuestas y siento que es el único lugar que me las va a dar.

- Dr. Fiore, ¿qué está haciendo usted en mi casa? – Le pregunté asustada

- No te preocupes, estoy aquí para ayudarte a entender lo que ha sucedido esta tarde en la estación. -

- ¿Cómo sabe usted todo eso? -Le pregunté todavía más asustada

- Hada, soy tu terapeuta, no tengas miedo de hablar conmigo. -

- No entiendo como es usted capaz de saber todo esto, yo no se lo he contado en ningún momento, es más, no he tenido tiempo. -

- Hada, aquí hay alguien que quiere verte y quiere contarte algo. -

- Hola Hada, cariño. - Dijo Amelia como si nada hubiera sucedido. -

- ¿MAMÁ? No, esto no puede ser, esto no puede estar pasando, tú no estás aquí, tu nos abandonaste, papá me lo contó, ¿Por qué te fuiste? ¿Por qué nos dejaste? ¿POR QUÉ ME DEJASTE? No soy capaz de comprender que ha sucedido ni que está sucediendo. -

- Hada, cariño, tranquilízate, tengo que contarte algo, he venido a ayudarte a recordar que pasó y porque estás aquí, porque estáis tu padre y tu aquí, el motivo por el cual dejasteis nuestro hogar, nuestra casa, el lugar donde creciste y todos nuestros sueños se hicieron realidad, hay un motivo por el cual sucedió todo eso y también es la principal respuesta a todas tus preguntas, además de ser el motivo por el cual todos nuestros sueños se convirtieron en la peor pesadilla que nunca jamás hayamos podido imaginar, solo necesito que estés dispuesta a escucharme y te centres en mi voz y mis palabras, voy a explicártelo absolutamente todo, solo necesito que estés dispuesta a ello.- Amelia expresó con gran preocupación y miedo.-

- Estoy muy asustada mamá, ¿Por qué te fuiste? -

HADA, HADA, VAMOS HADA ES HORA DE IR A CLASE

Esto no puede ser real, era todo un sueño, no soy capaz de comprender nada, siento que estoy

38

volviéndome completa y absolutamente loca, parecía tan real…

Era todo un simple sueño, ni siquiera soy capaz de diferenciar los sueños de la realidad actualmente, esto está empezando a superarme, si hablo con la Dr. Fiore tal vez quiera empezar a medicarme y yo no quiero convertirme en Amelia, aunque ella no seguía su medicación y eso fue lo que acabó con ella…

Yo haría las cosas bien, pero realmente no tengo claro lo que estoy diciendo, no quiero convertirme en Amelia ni quiero ser una loca más perdida en su propia mente, no quiero tener que ver como destruyo todo lo que hemos construido hasta el momento…

Tendré que pensar con claridad si de verdad quiero que la Dr. Fiore sepa algo al respecto o si prefiero seguir actuando por mi cuenta.

6. La vida de Amelia

Mi padre nunca quiso contarme toda la verdad sobre Amelia, es cómo si siempre hubiera estado aquí pero al mismo tiempo nunca la hubiera conocido, no entiendo como todo ha sido tan complicado, siento que voy a tener que ser yo quién se ponga a investigar por mi cuenta puesto a que no hay manera de saber la realidad sobre Amelia, es mi madre, pero es una completa desconocida para mí, no entiendo como una madre puede ser tan desconocida para su propia hija y como las situaciones pueden acabar desembocando en esta ansiedad que me invade cada vez que necesito respuestas a preguntas las cuales no están ni siquiera formuladas a día de hoy, ¿pero cómo voy a formular unas preguntas si ni siquiera sé que es lo que estoy buscando?

Ni siquiera sé que es lo que necesito saber, tampoco sé dónde está ni porque se fue, aunque empiezo a dudar si realmente se fue, o alguien hizo que ella se fuera, voy a tener que ser yo quién investigue a espaldas de mi padre, si no viviré toda la vida con la incógnita, ¿quién es Amelia?, ¿qué fue de Amelia?, ¿Dónde está Amelia?

Cada vez el nombre de Amelia retumba más en mi mente sobre todo cuando estoy encerrada entre estas cuatro paredes llenas de respuestas que nadie me quiere dar y todavía no tengo muy claro como

poder obtener.

Si al menos fuera mayor de edad tendría la

posibilidad de poder acceder a esos archivos

médicos a los cuales nadie quiere darme acceso,

menuda novedad.

Tiene que haber alguna forma, tengo que poder

hacer algo para poder acceder a los archivos en los

cuales especifican las enfermedades de Amelia, las

enfermedades de las que nunca me quiso hablar y

las que nos han traído hoy hasta aquí, o eso es lo

que creo, en ocasiones mi padre me dice que

Amelia nos ha abandonado, otras veces habla de

ella como si estuviera muerta, siento que cada vez

que hablo al respecto me contradigo y que voy a

seguir haciéndolo hasta el día en que descubra la

verdad, hasta el día en que consiga saber que fue de Amelia, el motivo por el cual ya no está aquí cuidando de nosotros, no quiero creer que nos abandonó pero no tengo claro que es preferibles ¿Qué nos haya abandonado o que esté muerta?

Son tantas cosas, las cuales en ocasiones son tan incoherentes que no tengo todavía claro que es lo que quiero hacer al respecto, ¿investigo? ¿lo dejo pasar? Joder, es todo tan complicado, con lo fácil que es decir la verdad...

Si le pregunto a la Dr. Fiore su maravillosa respuesta será la misma que siempre, como si fuera una especie de profesora de Yoga que pretende que yo misma solucione mis problemas, si supuestamente es mi doctora debería de ayudarme ella, no dejarme perderme en mi mente y en este mar de dudas que me invaden con cada recuerdo, puesto a que cada uno de mis recuerdos está borroso es como si alguien hubiera entrado en mi mente y los hubiera distorsionado, como si me hubieran contado tantas veces la misma historia hasta transformarla en un recuerdo en mi mente el cual yo creo que es real, pero el cual no es para nada así, necesito respuestas joder, siento que voy a empezar a enloquecer sin motivo, ¿o tal vez hay demasiado y ese es el motivo principal?

Siento como si estuviera conspirando con mi propia mente, con mi propio alrededor, no puedo dar ningún paso en falso si no todos descubrirán mis intenciones y eso es principalmente lo que no quiero que suceda, si saben que estoy investigando a Amelia, los inconvenientes comenzarán a ser mayores y de nada me va a servir buscar en mi propia mente, es como si fuera una mente hecha a medida con miles de recuerdos artificiales, los felices parecen falsos y los tristes son tan reales que están empezando a consumirme, necesito saber que le pasó a Amelia, necesito saber que enfermedades se apoderaron de ella, necesito saber que no van a hacerlo también de mí, pues empiezo a sentir que es lo que empieza a suceder.

Si no estuviera sucediendo nada fuera de lo normal, ¿por qué Alberto no quiere que vea mis informes médicos? ¿Por qué no hace más que ocultarme información relevante para mi salud?

A la mierda, me la voy a jugar, voy a entrar en el despacho de mi padre y voy a buscar en su caja fuerte de documentos todo lo relacionado con Amelia Hench, tendré que encargarme de que no me descubra, pero no encuentro otra opción para poder obtener toda esa información la cual necesito y nadie me va a dar sobre todo siendo menor de edad, en cuanto salga por la puerta actuaré.

- Papá, ¿no tenías que ir a hacer la compra o unos recados? -

- Sí, me voy en breve, ¿por qué? -

- Era por si podrías pasar por el centro comercial a comprarme unas botas nuevas de agua, se me han roto las viejas. –

- Sin problema, hasta luego Hada cariño.

Perfecto, me ha servido la excusa de las botas de agua rotas, ahora a buscar.

Primero necesito saber que no la ha cambiado de sitio, necesito encontrarlo todo y dejarlo en el lugar que estaba tal y como lo encontré para que no pueda haber sospechas sobre todo lo que estoy intentando hacer.

Perfecto, la combinación es la correcta, 240919.

Aquí hay informes que ni siquiera deberían haber salido del hospital, a no ser…, a no ser que la persona a quien pertenecen esos informes haya muerto.

Luego hay informes que me desconciertan, Alberto me habló de las enfermedades de Amelia, o eso creía, según Alberto, Amelia padecía enfermedades mentales que le impedían realizar ciertas acciones, pero nunca obtuve una explicación al respecto o al menos un detalle que me hiciera entender lo que le sucedía, simplemente me decía que estaba muy triste y no era capaz de continuar ella sola y por eso le teníamos que ayudar y apoyar ya que ella no era capaz de tomarse sola sus medicaciones correspondientes.

Pero este informe me está diciendo muchísimas cosas las cuales empiezan a incomodarme y asustarme, no tengo muy claro si debo de enfadarme con él por ocultarme estos detalles tan necesarios e importantes para mi o si debo comprender que haya querido ocultarme toda esta información para protegerme…

Aunque no tengo claro todavía a quién quiere o ha querido proteger todo este tiempo, ¿a mí?, ¿A Amelia? O ¿A él?

Hay informes con gran peso en estos asuntos y en la investigación, si es así como quiero llamar al hecho de querer saber que sucedió con mi madre, tengo miedo de lo que pueda descubrir de aquí en adelante pero necesito saberlo, no puedo mantenerme viviendo una gran mentira pues es lo único que siento, que estoy viviendo una mentira la cual está empezando a pasarme factura mentalmente, si no fuera así, ¿por qué tendría que ir a ver a la Dra. Fiore?

Mi padre empieza a ser consciente de que todo lo sucedido con Amelia puede estar empezando a pasarme factura, teniendo sobre todo en cuenta que todavía no recuerdo que sucedió aquella noche, si realmente era una noche porque ya no sé qué creer, necesito recordar que sucedió ese día para poder llegar al fondo de este asunto, necesito saber que sucedió ese día para poder comprender mejor todo lo que le sucedió a Amelia, o lo que le hizo abandonarnos.

Fiore Mental Health

2409, Any St., Nashville
240919 - fiore@mentalhealth.com

Familiares de la paciente Amelia Hench,

Paciente mujer de 36 años de edad (Amelia Hench), con antecedentes de ataques psicóticos desde hace 3 años, diagnosticada finalmente con TRASTORNO DELIRANTE (PSICOSIS PARANOIDE) y TRASTORNO PSICÓTICO.

Síntomas predominantes:
- Delirio de que la persona está siendo espiada o perseguida.
- Alucinaciones
- Intención de suicidio
- Intención de atentar contra la salud de personas cercanas a la paciente.

La paciente debe tomar las medicaciones correspondientes las cuales están detalladas en el correspondiente informe posterior.

La paciente deberá permanecer en las instalaciones médicas de FIORE MENTAL HEALTH, en el área psiquiátrica hasta ver mejora en la paciente.

Atentamente,

Dr. Alfred Fiore
Psiquiatra

Por el momento me aferro a este informe ya que es lo más parecido a un informe de una persona viva, he tomado la decisión de sacar fotografías a todos los demás informes para poder tenerlos a mano sin problema siempre, sin la necesidad de pasar por estos momentos de ansiedad intentando que mi padre no me pille revolviendo todos los papeles que tiene sobre mi madre.

Sobre todo, teniendo en cuenta que los tiene en una caja fuerte, lo cual es todavía más grave dentro de todo lo que cabe, porque no tengo claro que es lo grave, que yo quiera informarme sobre lo que le sucedió a mi madre o que él me haya ocultado toda esta información desde que ella desapareció.

Tengo miedo de volver a la consulta de la Dra. Fiore y que finalmente decida darme algún tipo de medicación y no consiga recuperar mis recuerdos, es más, que frene todavía más a mi mente y no consiga recordar nunca lo que sucedió aquel día, hay algo dentro de mí que me dice que aquel día que no consigo recordar y lo que le sucedió a Amelia está relacionado, lo repetiré y recalcaré las veces que sea necesario, necesito solucionar este rompecabezas antes de que él acabe por destruirme a mí.

7. <u>FIORE MENTAL HEALTH</u>

Mi padre no me descubrió hurgando en sus papeles y en los documentos supuestamente secretos de mi madre, pero yo sí que descubrí que Alfred Fiore, el psiquiatra de Amelia, es también el padre de la

Dra. Fiore, mi psicóloga, ¿coincidencia? No lo creo.

¿Qué interés puede tener en que la familia Fiore me trate a mí? Aunque teniendo en cuenta que ya trataron a mi madre puedo llegar a entenderlo, es una especie de beneficio para ambos, mi padre no tiene que dar detalles ni explicar nada de lo sucedido ni nada relacionado con mi madre ya que ellos lo saben todo y ellos pueden seguir tratándonos.

Pero ¿por qué ocultar todo eso? Todo el mundo en algún momento de su vida ha padecido algún tipo de enfermedad física o psíquica, no entiendo porque tiene que ocultar las enfermedades de Amelia y lo más importante, ¿por qué ocultármelas a mí?

Esta vez voy a coger yo el mando sin que ellos lo sepan, es mi momento de actuar, necesito hacerlo, ya que si no lo hago mis esfuerzos no van a servir para nada, es mi oportunidad de llevarles la delantera, no tengo muy claro todavía como hacerlo, solo tengo claro que es mi momento y esta vez voy a ser yo quien vaya un paso por delante, por delante de mi padre y por delante de los Fiore, voy a descubrir toda la verdad.

- Papá, ¿me puedes recordar cuándo tengo que volver a visitar a la Dra. Fiore?

- ¿Y ese interés repentino? Pensaba que odiabas asistir a las sesiones con la Dra.

- Y lo odio, es solo para planear mi fuga del país antes de que me alcance la fecha. - A ver si mi alegre sarcasmo es apreciado por una vez en la vida.

- Ya no sé si pretendes hacerte la graciosa o simplemente sacarme de mis casillas Hada, pero tienes cita mañana.
- Perfecto.

De camino a la consulta de la Dra. Fiore, volví a escuchar la voz de Amelia...

Hada...

Hada...

Hada...

Haz la justicia que me merezco, sigue así y ayúdame a conseguir lo que ya estás haciendo.

Lo que más retumba en mi mente es su voz susurrando mi nombre, como si hubieran sido sus últimas palabras entre sollozos y últimos alientos, como si la vida le hubiera sido arrebatada de sus manos y todo lo que pudo reproducir fue mi nombre, el nombre de su hija, el nombre de su legado…

Sigo queriendo creer que está viva, pero cada vez me es más complicado, es como si fuera su espíritu el que hablara conmigo, el que le hablara a mi subconsciente, lo que pasó en la estación de tren abandonada…

No consigo olvidar esa situación tan sobrenatural, fue como una escena sacada de una película de ciencia ficción en la que todo son efectos ópticos y no hubiera más que mi cuerpo y mi mente en aquel lugar de realidad…

- Bienvenida Hada, no esperaba verte tan pronto.
- ¿Cómo? Mi padre me dijo que tenía cita con usted hoy. - Empiezo a estar desconcertada y a creer que tal vez son ellos quienes siguen yendo un paso por delante.
- Sí, perdona, no sé dónde tengo la cabeza hoy, empecemos, tu padre me ha comentado que has tenido una pesadilla con Amelia, cuéntame que ha sucedido.

No entiendo como pueden seguir yendo un paso por delante, pensaba que había avanzado lo suficiente como para alcanzarlos y averiguar todo lo que necesito, pero esto va a llevar más trabajo del que creía.

\- No sé qué sucedió, simplemente llegué a casa después de un día de mucho estrés por las clases y necesitaba descansar, me acosté a dormir y lo último que recuerdo es la voz de mi madre llamándome como si le fuera la vida en ello. - Le cuento con la esperanza de que me recete una medicación la cual no tomaré, pero así ellos estarán convencidos de que me tienen apaciguada, ellos creerán que lo estoy dejando estar y que me estoy calmando, será mi momento para actuar y atacar.

\- De acuerdo Hada, tal y como me cuentas has tenido un episodio de ansiedad extrema por no poder obtener tus recuerdos, por no poder exteriorizar lo que sucedió con tu madre, así que si

estás de acuerdo te vamos a poner una

medicación para que puedas calmarte y

no tener este tipo de episodios y no

obsesionarte con Amelia, ¿estás de

acuerdo?

- Sí. – Espero que no se den cuenta de lo

que pretendo hacer.

- Ves con esto a la farmacia que te diga

tu padre, ellos se encargarán de todo.

FARMACIA FIORE

Medicación psicológica

Medicación correspondiente a Hada Hench

AMEDITRINA - 3 VECES AL DÍA CADA 8 HORAS

CEPROVINA - 1 VEZ AL DÍA CADA 24 HORAS

Esto está empezando a asustarme cada vez más, o en esta ciudad todo lo gestiona la familia Fiore, o hay alguien que solo quiere tenerme mentalmente diagnosticada por dicha familia para poder controlarme, pero no entiendo porque necesitan controlarme ni siquiera saben que estoy investigando que sucedió con Amelia, ni siquiera saben que está rodando por mi cabeza.

Tengo que pensar que hacer para que mi padre crea que me tomo la correspondiente medicación, lo cual no voy a hacer porque estoy completamente segura de que si accedo a tomarme dicha medicación estaré todo el día en una especie de burbuja que me mantendrá dormida y no podré continuar investigando que sucedió aquel día.

De camino a casa ha estado realmente raro, era como si tuviera sospechas de lo que he decidido hacer respecto a la medicación que me ha mandado la Dra. Fiore, parece que siempre va un paso por delante y tiene mucho miedo a que finalmente descubra que nos llevó hasta aquí.

- Hada, asegúrame que vas a tomarte las medicaciones siempre que te corresponda, sin excepción, por favor, necesitas cuidarte. - Recalca como si no tuviera la certeza de que fuera a hacerlo.
- Sí, te aseguro que así será.

Sé que en cuanto supuestamente empiece con la medicación me enviara nuevamente con la Dra. Fiore para cerciorarse de que está haciendo el efecto que él espera, pero yo no me pienso rendir, voy a llegar al fondo de todo esto y nadie me va a parar.

- Hada, baja, te he preparado el desayuno. -

Cada vez me parece todo más extraño, mi padre solo me prepara el desayuno cuando algo va mal o cuando hay malas noticias de por medio, no llego a entender que pretende ni que está esperando conseguir.

Esta situación ha sido muy extraña, él observándome como si le fuera a atacar en cualquier momento, como si fuera el campamento de guerra en el que hay que estar alerta en todo momento, sospecha algo, pero no tengo todavía claro que fundamentos tiene para tener esas sospechas, me da la impresión que no cree que esté investigando algo al respecto, es como si sospechara de algo mayor, pero no consigo entender sobre qué.

Hoy vuelvo a tener cita con la Dra. Fiore, no entiendo porque tan pronto, no ha pasado mucho tiempo desde la última vez que la vi, no sabría especificar con exactitud pero podría decir que no ha pasado mucho, solo sé que desde que fui a verla por última vez hasta ahora lo único que ha cambiado en mi es que me siento más cansada y con menos ánimo de continuar adelante, cuando supuestamente debería ser al contrario, no sé si debo confiar en ella, no sé si debo explicarle la situación en la que me encuentro, no sé si debo contar lo que está sucediendo...

No sé nada al respecto y admito que tengo miedo, no tengo ni idea de lo que me puedo encontrar si sigo adelante con esto, tal vez algo que me destruya o tal vez algo que me recomponga...

8. <u>La verdad FIORE</u>

- Bienvenida nuevamente Hada, ¿crees que te está funcionando la medicación?
- Sí, la verdad es que creo que está consiguiendo todo lo que tenía que conseguir. - Le miento para poder continuar con mi investigación.
- La verdad es que parece que se nota, ¿tienes sensación de cansancio extremo? ¿tienes sensación de estar

una nube? ¿te cuesta concentrarte y continuar con lo que estabas haciendo en cualquier momento?

- Sí. – Esto empieza a ser preocupante, no me estoy tomando dicha medicación, no debería tener estos síntomas…

- Hada, ¿Qué relación crees tener con tu padre? ¿crees que es buena? ¿crees que quiere tu bien por encima de cualquier cosa?

- Sí, pero no entiendo a que viene todo esto Dra.

- Seamos sinceras, estoy cansada de fingir, tu no deberías estar medicada, al menos todavía no, tu padre está acelerando el proceso, no quiere que te pase lo mismo que le pasó a Amelia y no quiere que tengas que pasar por la situación que no consigues recordar, yo podré ayudarte, si me dejas, nunca quise ocultarte la verdad ni llegar tan lejos, pero no tenía otra opción, eran demasiados años, demasiadas personas implicadas, familias...

No tenía elección, pero ahora he decidido no continuar con esto y por eso voy a ayudarte.

- Dra. Fiore, no estoy llegando a entender nada, ¿Qué sucedió el día que no consigo recordar? Ayúdeme por favor.

- No puedo decirte lo que sucedió, puesto a que no estoy segura de saberlo a ciencia cierta, ya que por mucho que tu padre siempre haya confiado en los

Fiore, yo soy la única que no terminó de cuadrarle, nunca ha llegado a confiar en mi plenamente como hizo con mi padre, por eso necesito que tu consigas llegar a tus recuerdos, yo voy a ayudarte, pero no puedo decirte algo que realmente no sé con exactitud.

- Tengo una pregunta más Dra., ¿por qué tengo los síntomas de las correspondientes medicaciones si no las he tomado? He fingido hacerlo, las escondía, fingía ingerirlas, pero cuando mi padre no miraba me deshacía de ellas, nunca he llegado a ingerir uno de esos medicamentos.

- Hada, no estoy segura de lo que puede haber sucedido, pero vamos a probar algo, puede ser un poco peligroso, pero tal vez así podamos conseguir llegar a esa verdad que necesitas, ¿estás dispuesta?

- Lo que sea por Amelia, Dra. Fiore.

- Necesito que al menos mañana cuándo te toque la primera toma de medicación, te la tomes, si mis sospechas son ciertas, en ese momento lo averiguaremos.

Tengo cada vez más miedo de seguir adelante con todo esto, al menos he descubierto que la Dra. Fiore está de mi lado y va a ayudarme a conseguir mi propósito y aquello que necesito para poder seguir adelante, aunque no dejo de desconfiar de ella del todo, también puede haber sido una estrategia de mi padre para terminar de controlarme y tener todo de su lado y que yo pierda toda mi credibilidad…

De todos modos, mañana cuando ponga a prueba lo que me ha sugerido la Dra. Fiore saldré de dudas…

Son las 09:35, es extraño que mi padre no me haya llamado para bajar a desayunar, aunque creo que lo prefiero, voy a comenzar con lo que me dijo ayer la Dra.

- Papá, ¿dónde has dejado mi medicación?
- En la encimera, al lado de tu bol de cereales, ya te lo estaba terminando de preparar.
- Tranquilo, ya sigo yo.

Hada...

Hada...

Hada...

Tienes que salir de esta, la Dra. Estaba en lo cierto, pero no dejes que todo esto deje de ayudarte a escuchar mi voz.

Hada...

Hada...

Hada...

- Buenos días Hada, soy el Dr. Anger, has tenido una sobredosis, te hemos hecho el correspondiente lavado de estómago, ¿podrías explicarnos que ha sucedido?

- Si le soy sincera Dr., no sabría explicarle lo que ha sucedido, simplemente estaba desayunando y tomándome la medicación que me recetó mi psicóloga la Dra. Fiore después de eso solo recuerdo despertar aquí.

- Pues has dado positivo en grandes dosis de un medicamento preparado para personas con grandes ataques de psicosis, tal vez deberíamos hablar con su doctora, puesto a que en su historial no aparece nada relevante ni similar a esto.

CENTRO MÉDICO NASHVILLE

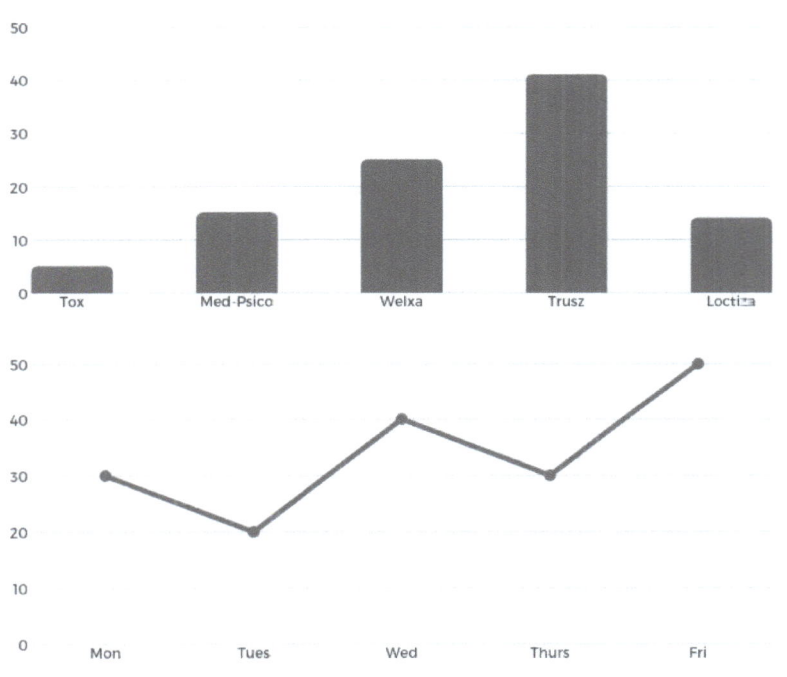

Bar chart:
- Tox: 5
- Med-Psico: 15
- Welxa: 25
- Trusz: 41
- Loctiza: 14

Line chart:
- Mon: 30
- Tues: 20
- Wed: 41
- Thurs: 30
- Fri: 50

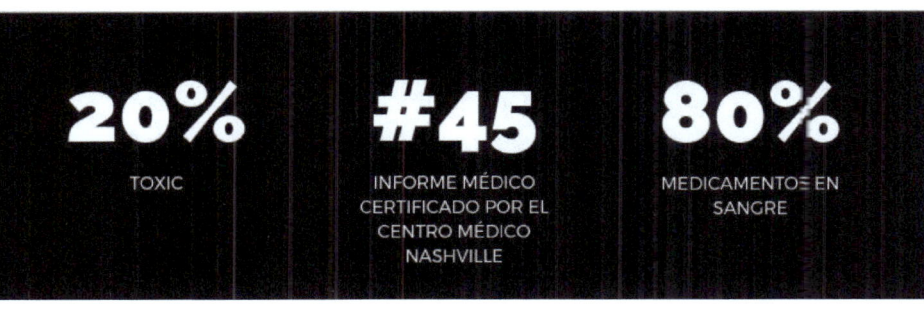

20%
TOXIC

#45
INFORME MÉDICO CERTIFICADO POR EL CENTRO MÉDICO NASHVILLE

80%
MEDICAMENTOS EN SANGRE

Tenía que confiar en la Dra. Fiore, hice bien en hacerle caso, mi padre se está encargando de que no consiga información ni detalles, se está encargando de que no pueda llegar al fondo de este asunto, está tomándose demasiadas molestias para que no pueda recordar, para que no pueda descubrir la realidad sobre Amelia, cada vez siento que estoy más cerca de conseguirlo, pero en cuánto siento que estoy a punto de llegar al fondo del asunto, él se encarga de hacer algo para que yo no pueda continuar, es como una gran piedra en el camino, es como si cada dos pasos que yo avanzo, él ya lleva cuatro más por delante.

- Papá, ¿cuándo vuelvo a ver a la Dra. Fiore? Creo que debería de hablar con ella para cambiar mi medicación viendo lo que ha sucedido, tal vez era demasiado fuerte lo que me recetó. - Le pregunté como si simplemente necesitara cambiar la medicación.

- No vas a volver a ver a la Dra. Fiore, teniendo en cuenta lo que ha hecho, no debería de haberte hecho ir a esa psicóloga, lo siento mucho Hada, debería de haberte hecho caso y no haberte llevado a ningún psicólogo.

Estoy empezando a preocuparme por la Dra. Fiore, tengo miedo de que mi padre haya descubierto que ella me ayudó a darme cuenta de que es él quien me está poniendo impedimentos para poder descubrir lo que sucedió aquel día, el motivo por el cual llegó al punto de tener que medicarme, no dejo de dudar a quién está intentando proteger o que intenta ocultar, ¿tan dura puede ser la verdad para no tener el valor de poder decírmelo a mí, a su propia hija?

Tengo incluso el presentimiento de que le haya hecho algo a la Dra., estoy muy asustada, no soy capaz de cruzarme con él por casa sin estar atacada de los nervios, es como si cada vez que apareciera por casa o que viniera a hablar conmigo la ansiedad empezara a apoderarse de mí.

9. Alberto

Siento que debo seguir investigando, ¿por qué tanta prisa para que yo fuera a visitar a la Dra. Fiore y que no descubriera las verdaderas enfermedades de Amelia y ahora tanta prisa porque no vuelva a visitar a un psicólogo?

Cada vez empiezo a tener más sospechas sobre mi padre, empiezo a dudar incluso si fue él quien hizo algo aquel día para que acabáramos nosotros dos solos aquí, en Nashville.

Tal vez debería de ir a dar un paseo para despejar la mente y aclarar mis ideas, tal vez deba volver a la estación, tal vez consiga más información sobre Amelia.

¡NO! ¡NO! ¡NO!

- Papá, ¿QUÉ HAS HECHO? ¿QUÉ HAS HECHO?

- Hada, que haces aquí abajo.

- He bajado a por los patines para ir a despejar la mente, ¿Qué es toda esta sangre? ¿Qué has hecho con la Dra. Fiore?

- Hada, cariño, recuerda que estamos en el sótano y que de aquí hay acceso directo a la barbacoa de la piscina, esta sangre es de la carne que he comprado para la barbacoa que iba a prepararte de sorpresa para mañana, pretendía hacer algo bonito por ti para que consiguieras sentirte mejor después de todo lo que ha pasado.

- No consigo creerte, papá. ¿Por qué no me cuentas la verdad?

- Hada, cariño, es la verdad.

No consigo creer lo que me dice, no puedo dejar de pensar que ha atentado contra la Dra. Fiore, no puedo dejar de pensar lo que le ha podido haber hecho, tal y como está todo solo consigo imaginarme una de las peores cosas del universo, que la ha matado…

No quiero pensarlo, necesito descansar y desconectar la mente para poder continuar con mi investigación y poder salir adelante…

Está todo lleno de sangre, hay fotos de partes de cuerpo humano…

¿Dónde estoy? ¿Qué es todo esto?

No entiendo como he podido llegar hasta aquí, esto es una especie de sótano de asesino en serie, solo hay sangre, cortinas de ducha de baño llenas de grasa y sangre, ropa ensangrentada, cuchillos, fotografías desagradables de partes del cuerpo y se nota que son parte del cuerpo humanas, no parecen partes de carne de charcutería...

Tengo muchísimo miedo, la ansiedad y el miedo se apoderan de mí de un modo exagerado, nunca me había sentido de esta manera, y todavía no consigo recordar...

Hada...

Hada...

Hada...

- ¿Qué ha pasado? - Preguntó asustada y desorientada.

- No lo sé hada cariño, solo estabas gritando y parecías muy asustada...

Era todo un sueño...

Parecía todo tan real, no entiendo porque he soñado algo de este estilo, ni siquiera soy capaz de comprender porque era tan real, parecía más un recuerdo que un sueño, bueno, una pesadilla, no soy capaz de comprender que está sucediendo, es como si fuera un recuerdo que alguien hubiera intentado eliminar de mi mente...

Creo que Alberto es el culpable de todo y que por eso no quiere que recuerde nada, para que no pueda huir o atentar contra él, aunque no entiendo muy bien porque debería de hacer algo así al respecto...

Necesito terminar mis investigaciones, no soy capaz de comprender que pasó...

- Hada, cariño, he estado pensando y tal vez la desaparición de la Dra. Fiore y todo lo que ha sucedido con anterioridad te puede estar haciendo daño, he pensado que tal vez deberías ir a terapia de grupo o a una nueva terapeuta...

- ¿Por qué? ¿Qué necesidad tienes de mantenerme en un continuo pensamiento en el cual no hago más que terminar convenciéndome de que estoy loca? ¿Por qué quieres que crea que lo estoy o volverme loca?

- Hada, cariño, todo lo hago por tu bien, simplemente te lo estaba preguntando, si tú crees que estás bien no hay problema.

Tal vez debería de planteármelo, tal vez si vamos a otro psicólogo al ya no formar parte de la familia Fiore tenga más probabilidades de llegar al fondo de este asunto y terminar con todo de una vez por todas.

- Papá, lo he estado pensando y tal vez si debería de acudir a un nuevo terapeuta, estoy de acuerdo.
- De acuerdo hija, vayamos a visitar al Dr. Anderson.
- ¿Ya?
- Cuanto antes mejor…
- De acuerdo.

De camino a la consulta del Dr. Anderson hemos pasado por la consulta de la Dra. Fiore, es como si la estuvieran cerrando, es como si ya se diera por hecho que ella no va a volver...Nunca...

- Buenas tardes Hada, me ha comentado tu padre que ya ha habido un tiempo en el cual veías a la Dra. Fiore, pero que desde su desaparición has ido a peor puesto a que te habías quedado sin terapeuta.

- Eso no es del todo así, pero dentro de todo lo que cabe tal vez si...

- Aquí las decisiones las tomaremos entre los dos, ¿te parece bien?

- Sí, supongo.

- ¿Crees que serías capaz de recordar? Tampoco quiero forzarte...

- Siento que con la ayuda correspondiente tal vez sea capaz de recordar algo…Pero solo recuerdo llegar a casa con la camiseta llena de sangre y no recuerdo nada al respecto de Amelia, mi madre…

- ¿Te has planteado hablar con tu padre al respecto?

- No

- Inténtalo, me encargo yo de que haga un esfuerzo para hablar contigo

- No creo que lo haga Dr., en todo momento se ha interpuesto a que yo consiga descubrir algo sobre Amelia o sobre lo que pasó aquella noche, no creo que vaya a contarme nada, aunque si quiere intentarlo, adelante…

Sería maravilloso poder recordar ese día o que Alberto me contara la verdad sobre ese día y sobre

Amelia, bueno y ahora mismo sobre la Dra. Fiore también, puesto a que creo que tiene algo que ver con su desaparición.

10. La verdad

Necesito saber ya la verdad, todo esto está pudiendo conmigo, si mi padre no me lo cuenta, voy a intentar investigar, aunque hasta el momento no me ha ido demasiado bien...

- Papá, ¿has hablado con el Dr. Anderson?

- Sí, me ha comentado que necesitas saber lo que sucedió aquella noche, pero yo creo que deberías encargarte tú de encontrar toda la verdad en tu mente, todo lo que he hecho lo he hecho para protegerte, no puedo contarte mucho más Hada…

- Papá, por favor, lo necesito…

No sé qué más hacer, la locura ya se ha apoderado de mí, no encuentro la forma de continuar, no encuentro la forma de encontrar más respuestas, teniendo en cuenta que la única respuesta que he obtenido es la realidad sobre las enfermedades de Amelia, no sé mucho más, siento que estoy derrotada, solo quería hacer justicia y saber la verdad y me siento bastante derrotada…

No sé hacía donde ir, donde más buscar, necesito una especie de pista, necesito que me caiga una pista del cielo, siento que en la estación de tren abandonada la encontraré, así que voy a ir hacía allí, a pesar de todo lo que pasó la última vez que estuve en ese lugar, lo cual parecía completamente irreal, necesito encontrar una pista por la cual seguir, una vía por la que continuar.

No puede ser, la estación está cerrada, ¿pero ¿cómo pueden cerrar una estación de tren abandonada? Ha estado abierta de par en par sin ninguna vigilancia ni ningún cuidado en ningún momento, ¿por qué ahora? ¿por qué en el momento que necesito acudir a ella desaparece?

Por más que busco una grieta, una ventana, algún lugar por el que entrar, no consigo entrar en ningún lugar, no hay una entrada, es como si alguien supiera que iba a volver aquí y se hubiera encargado de que no tuviera en ningún momento la opción de volver a acceder a este lugar que en todo momento me hizo tanto bien.

El Dr. Anderson también me comentó que tal vez debería tomarme unos días de descanso en unas de sus instalaciones para poder despejar la mente y poder encontrar mis recuerdos y poder encontrar todas esas respuestas que necesito, pero no quería hablar de ello, ni siquiera me planteaba la opción de entrar, pero, ¿y si ahí es donde puede realmente encontrar todas esas respuestas que necesito? Creo que voy a acceder a entrar por mi propia voluntad durante un par de días en esas instalaciones de relajación mental, según el Dr. Anderson no es nada malo, tienen zonas de relajación mental, spa, zonas con masajistas, tal vez estaría bien para esas respuestas...

Lo tengo claro, voy a decirle que quiero entrar en sus instalaciones, fingiré que voy a relajarme y buscaré todas las respuestas que necesito, además, es un centro de la familia Fiore, es el Fiore Natural Center, así también podré buscar lo que necesito para saber que sucedió con la Dra. Fiore.

11. Fiore Natural Center

Ya me encuentro dentro de las instalaciones del Fiore Natural Center, parece una especie de hotel para ricos con todas sus correspondientes zonas de relajación, a excepción del típico gimnasio de hotel para ricos, algo me dice que aquí puedo encontrar todo lo que me falta para poder cerrar el capítulo de mi vida que me ha llevado hasta esta situación, esta vez, voy a encontrar todas las respuestas correspondientes.

Espera, quién es esa persona al final del pasillo, me resulta algo familiar, ¡NO PUEDE SER REAL!, es la Dra. Fiore, necesito hablar con ella, aunque no parece que esté como terapeuta, parece que está como paciente, esto parece completamente incoherente.

- Dra. Fiore, ¿Qué está haciendo aquí? ¿Qué ha sucedido?

- Hada, ¿cómo has acabado aquí? No deberías de haber llegado tan lejos, por intentar ayudarte me han encerrado aquí...

- ¿Cómo que encerrado? Esto es un centro de relajación, no un centro psiquiátrico en el que se encierra a alguien...

- No deja de ser un centro médico Hada, aunque ya que hemos llegado hasta aquí voy a ayudarte a llegar al fondo de todo, voy a ayudarte a obtener todas las respuestas que necesitas.

- Pero si ese es el motivo por el que estás aquí, ¿Por qué quieres ayudarme?

- Simplemente porque si yo estuviera en tu lugar me gustaría que alguien me ayudara.

- ¿Cómo puedo continuar para encontrar esas respuestas?

- Ve al despacho del director, consigue quedarte ahí sola y busca en el archivo de pacientes anteriores, ahí encontrarás toda la verdad.

La Dra. Fiore me ha ayudado a quedarme a solas en el despacho del director, ni siquiera sé cómo ha sido capaz de conseguirlo, es imposible quedarse a solas aquí.

Tengo que buscar el informe de Amelia, necesito saber que le sucedió…

¡AQUÍ ESTÁ!

No puede ser…

Informe forense

La paciente Amelia Hench, a la edad de treinta y seis años ha fallecido a causa de una sobredosis de medicación receta, además de tres puñaladas en la caja torácica.

No soy capaz de continuar leyendo, si Amelia está muerta, ¿por qué yo he tenido todos estos momentos inexplicables de los que ella forma parte? No soy capaz de comprender que ha sucedido, necesito respuestas y ahora sí que no puedo esperar.

- Papá, necesito respuestas, ¿Por qué estamos en Nashville? ¿mataste a mamá? ¿qué hago aquí dentro?

- Hada, cálmate y te ayudaré a recordar, en tu recuerdo están todas las respuestas.

- ¡PUES AYÚDAME YA PORQUE NO CONSIGO COMPRENDER NADA!

- Primero necesito que te calmes, luego, podremos continuar.

- Solo recuerdo llegar a casa con una camiseta ensangrentada, después, ya solo son recuerdos borrosos, bueno, tanto de antes como de después, ya solo tengo recuerdos de Nashville, ¿Por qué nos fuimos de Sacramento?

- Hada, haz memoria, te fuiste a dar un paseo con Amelia para tener un momento madre e hija, recuerda por favor.

- Recuerdo el paseo, fue después de cenar…

- Cierra los ojos y haz memoria, luego tendrás todas tus respuestas, antes de lo que me gustaría puesto a que mi intención siempre fue protegerte.

- Estábamos paseando, Amelia empezó a comportarse de una manera extraña, me atacó y tuve que defenderme, iba a matarme, no puede ser, todo por su maldita enfermedad de la cual nunca quiso medicación ni ayuda…

- Hada, no es así, os seguí porque tenía miedo de lo que pudiera suceder, ambas estabais con un comportamiento extraño y a ti...A ti te acababan de diagnosticar la misma enfermedad que a tu madre, psicosis y paranoia...

- Papá, no me mientas, ahora que al fin soy capaz de recordar lo que sucedió, ¡NO ME MIENTAS!

- Hada, por ese motivo no quería que vieras tus informes, quería protegerte y no supe cómo, erre en lugar de hacer lo correcto, lo siento, pero voy a contarte lo que sucedió...

Amelia empezó a sentirse mal puesto a que quiso empezar a dejar las medicaciones, así que perdió el norte, no sabía cuándo se las había tomado y cuando no hasta que finalmente ese día se produjo una sobredosis involuntaria puesto a que se tomó las tuyas y también las suyas, tu al ver algo fuera de lo normal y no tener tus medicaciones empezaste a tener una paranoia incontrolable y sentiste que ella te iba a atacar, lo que todavía no sé es de donde sacaste el cuchillo con el que le diste las tres puñaladas, según tú, en autodefensa, pero fue un fallo de medicamentos, por mucho que fuera atrás intentando comprobar que todo iba bien iba a una distancia lo suficientemente lejana para que no os percatarais y demasiado lejos para poder haber evitado lo que sucedió, y ese es el motivo por el cual nos mudamos aquí, el crimen contra tu madre finalmente fue cerrado sin un culpable aparente puesto a que yo siempre te iba a proteger y les conté que había sido un atraco que les salió mal puesto a que aparecimos tu y yo para rescatarla al ver que tardaba mucho en volver a casa de su paseo rutinario nocturno y el motivo por el cual estás aquí es que tu enfermedad está llegando a unos límites que ya se escapan de mis conocimientos para poder cuidar de ti, necesito que te quedes aquí hasta estar mejor, yo vendré todos los días a verte, pero tu enfermedad está avanzando muy deprisa, ya tienes la verdad, lo siento Hada.

- No te preocupes papá.

Mi plan ha salido como esperaba, todos creen que fue un accidente o un error, admito que soy consciente de que en ocasiones me ocurren cosas difíciles de explicar pero ya he comprendido que es por la enfermedad que he heredado de mi madre, todavía no está tan avanzada como ellos creen, todavía no está tan avanzada como para que yo no sepa diferenciar las paranoias de la realidad aunque en ocasiones me empiezan a confundir pero sé que es algo que no es real que forma parte de mi cabeza y debo aprende a luchar y a vivir con ellos, con las voces, con las paranoias, pero ya casi hasta somos amigos, os voy a ser sincera, no era mi plan, era nuestro plan, no sé quién o qué será lo próximo que me depare junto a ellos pero lo que sí sé es que la primera batalla, la primera misión ha sido completada con éxito.

Amelia ha muerto y todos creen que no soy consciente de nada, ¿Cómo iba a llevar perfectamente escondido el cuchillo si no?

Me salí con la mía.

© R. Fénix, 2019

Impreso y editado por Books on Demand GmbH

info@bod.com.es   -   www.bod.com.es

Impreso en Alemania – *Printed in Germany*